Los topos

Lori Dittmer

CREATIVE EDUCATION

semillas del saber

Publicado por Creative Education
P.O. Box 227, Mankato, Minnesota 56002
Creative Education es una marca editorial
de The Creative Company
www.thecreativecompany.us

Diseño de Ellen Huber; producción de Dana Cheit
Dirección de arte de Rita Marshall
Impreso en los Estados Unidos de América
Traducción de TRAVOD, www.travod.com

Fotografías de Dreamstime (Isselee), Flickr (gordonramsaysubmissions), iStockphoto (GlobalP, Hailshadow, hsvrs, Ian_Redding, onlyyouqj, Ornitolog82, phototake, Santia2, scorton, tchara), Shutterstock (Close Encounters Photo, Miroslav Hlavko, Eric Isselee, KOO, Madlen, Petr Salinger)

Información del Catálogo de publicaciones de la Biblioteca del Congreso is available under PCN 2018931122.
ISBN 978-1-64026-092-4 (library binding)

9 8 7 6 5 4 3 2 1

TABLA DE CONTENIDO

¡Hola, topos!

Son pequeños **mamíferos**.

Los topos viven bajo tierra.

Siempre está oscuro ahí abajo.

Los topos tienen cuerpos peludos. Sus patas son cortas.

Sus patas con largas garras ayudan a los topos a cavar.

La mayoría
de los topos
son marrones,
grises o negros.

Sus pequeños ojos
no pueden ver bien.

Los topos encuentran su camino por medio de su olfato y del tacto.

Los topos hambrientos comen mucho.

Engullen lombrices, caracoles e **insectos**.

Las mamás topo tienen crías una vez al año.

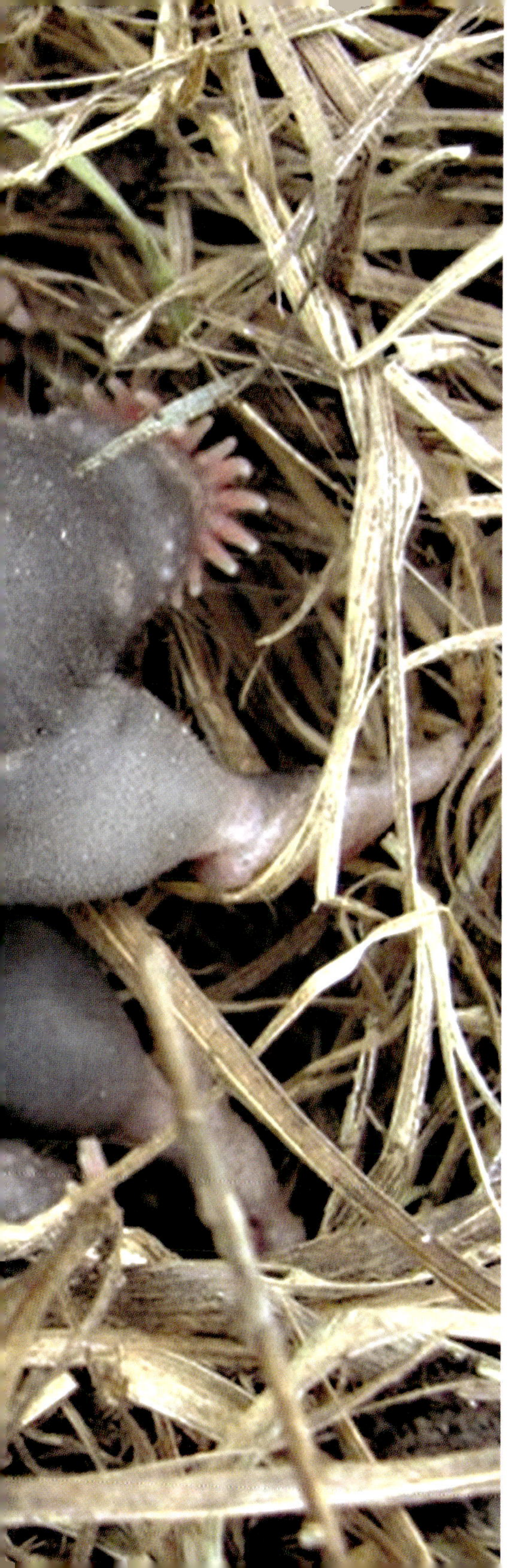

Los topos bebés
se llaman
cachorros.

Se separan
de su madre
después de uno
o dos meses.

Los topos **hacen túneles** en la tierra.

Utilizan su olfato para encontrar alimento.

¡Adiós, topos!

Dibuja un topo

pelaje

bigotes
garra

Palabras que debes saber

cavar un túnel: hacer un agujero a través de algo

insectos: animales cuyo cuerpo tiene tres partes y seis patas pero no huesos

mamíferos: animales de sangre caliente que tienen pelo y alimentan con leche a sus bebés

Índice